TODO POR UNA PELÍCULA

Minis vol. 5

Todo por una película

Minis #5

Elsa Tablac

CAPÍTULO 1

A^{MY}

Me encanta ir al cine sola. Es una vieja costumbre de la que no me he desprendido con el paso del tiempo. Suele pasar los jueves por la tarde. Salgo de la galería de arte en la que trabajo y camino durante un rato por Greenwich Village en dirección oeste.

Es entonces cuando miro los carteles de las películas del cine Alexis junto a la Sexta Avenida, y si alguna me llama la atención, compro una entrada y me pierdo allí dentro durante unas dos horas. Me sirve para desconectar de la vida real en días especialmente complicados.

Como aquel jueves del mes de junio. El día que conocí a Nick Fuller. El día en que mi vida se puso patas arriba por la irrupción de alguien inesperado y, todo sea dicho, demasiado bueno para ser real.

Esta fue la secuencia de los hechos. Os lo cuento tal y como sucedió. Ya habrá tiempo para analizarlo todo con detalle.

Como decía, entré en el cine Alexis, sola, con el teléfono ya apagado para que nadie interrumpiese mi pequeño ritual secreto. No suelo hacer la cola en la taquilla por un sencillo motivo: si es posible, siempre me siento en el mismo asiento. Sé perfectamente el número de asiento y fila, y para evitar tener que explicar que quiero MI asiento favorito —fila cuatro, butaca número dos— a la persona que esté en ese momento vendiendo entradas, lo que hago es ir directamente a la máquina expendedora, seleccionar yo misma el asiento en la pantalla e imprimir el ticket.

Esa tarde el cine estaba prácticamente vacío, porque, seamos sinceras, las salas van perdiendo público a marchas forzadas. Es algo que llevo tiempo ignorando pero de lo que me doy cuenta. Mientras seleccionaba mi película de aquella tarde en la pantalla, noté una presencia a mi espalda. Casi una respiración. Noté cómo alguien invadía mi espacio vital, y eso hizo que me girase dispuesta a mostrar un gesto de fastidio contundente.

En ese momento me topé con su sonrisa. Era un chico alto, moreno, atractivo hasta decir basta. Vestía una chaqueta de cuero y estaba abrazado a un enorme cubo de palomitas. Las miré, completamente descolocada. Lo que me faltaba. Un palomitero. Él cogió dos o tres y se las metió en la boca.

Me giré de nuevo para terminar con aquello y sacar la maldita entrada de la máquina, pero justo en ese instante oí un pequeño carraspeo a mi espalda. Me ponía tremendamente nerviosa que aquel tipo guapo e irritante estuviese tan cerca de mi cuello.

—Perdona —oí, un poco más cerca de mi oído de lo normal.

La máquina expulsó por fin el papelito. Me giré para ver qué quería. Nadie. Nunca. ¡Jamás! me habían dirigido la palabra en aquel cine.

—¿Sí?

—¿Me ayudas a sacar una entrada? Estaba mirando cómo lo hacías, pero vas muy rápido.

Tenía un ligero acento sureño, pero no ubiqué de dónde exactamente.

—Claro.

En lugar de hacerlo él mismo con mis indicaciones, me dio su tarjeta de crédito. ¿Por qué no había sacado la entrada en la taquilla normal, con un humano en su interior, como todos los ancianitos cinéfilos?

—¿Qué película quieres ver?

—*El hilo invisible* —contestó, sonriendo y exhibiendo una dentadura perfecta.

La misma que yo, por supuesto. No podría ser de otra manera. En ese momento estaba intentando decidir si a pesar de ser guapo me parecía un completo idiota por no ser capaz de hacer por sí mismo algo tan simple. Miró sobre mi hombro. En la pantalla apareció un mapa del patio de butacas.

—¿Dónde quieres sentarte?

—Me da lo mismo —dijo—. Prefiero que sea más o menos cerca.

Me encogí de hombros y seguí desplazando los dedos por la pantalla, buscando un asiento para él.

No fue ningún error. Fue un impulso. Un acto completamente irreflexivo que no podría explicar.

Seleccioné para él el asiento número tres de la fila cuatro. Exactamente el que estaba a mi lado.

Me gusta ir sola al cine, pero pensé que, aquel día no me vendría mal un poco de compañía. Aunque fuese de una forma poco ortodoxa.

Aquel hombre olía demasiado bien.

Y, la verdad, me apetecía comer palomitas.

NICK

TODO POR UNA PELÍCULA

La morena borde me dio la entrada. Le di las gracias y justo en ese momento decidí que también quería algo de beber. Iba a preguntarle si quería algo del bar —pura cortesía por haberme ayudado con la entrada—, cuando desapareció de mi vista, perdiéndose al fondo del vestíbulo, exactamente en la misma sala en la que yo estaba a punto de entrar.

No puedo engañar a nadie, tal vez ni siquiera a ella, pero desde la distancia me había parecido demasiado atractiva como para no intentar un acercamiento.

Por supuesto que sé sacar una entrada de cine de la máquina. No soy tan limitado. Simplemente estaba haciendo cola detrás de su larga melena oscura y de su esbelta silueta, observando embobado cómo movía los dedos a toda velocidad sobre la pantalla. Seguro que era una de esas cinéfilas asiduas medio ermitañas e insoportables.

Solo pude ver qué película había seleccionado, y, por supuesto, escogí la misma. No tenía la menor idea de lo que iba a ver. Estaría dentro de la misma sala que ella y ya había decidido que intentaría interceptarla a la salida de la película. ¿Qué más da? Esto es Nueva York. Si me rechaza, lo más probable es que nunca vuelva a verla en mi vida. No es tan relevante quedar mal.

Y para que conste, solo había entrado en el cine porque no podía quitarme lo de Sonja de la cabeza. Mi hasta entonces novia me había dejado mediante un mensaje de audio. En fin. No puedo decir que estuviese profundamente afectado, pues yo sabía que lo nuestro hacía aguas desde hacía mucho tiempo y justo ese día estaba pensando yo mismo en dar ese paso, pero su desbandada me había descolocado por completo. Tuve que salir a dar una vuelta por Greenwich para despejarme un poco. Llegué hasta las puertas del cine Alexis y de repente me apetecieron unas palomitas.

La verdad, no recuerdo la última vez que había ido al cine. Creo que llevé a Sean, mi hermano pequeño, a ver una de Star Wars hacía dos Navidades.

Compré un vaso gigante de cocacola light y entré en la sala con la entrada en la mano. Estaba prácticamente vacía, así que no tardaría demasiado en ubicar a la morena. Observé la platea desde la entrada de la sala. ¿Cuánta gente había en aquella sesión? ¿Diez? ¿Doce personas? De repente, las luces se apagaron y la pantalla se iluminó.

Eché un último vistazo a la entrada y descendí por el pasillo hasta la fila cuatro.

Y oh, sorpresa. Allí estaba ella.

Le sonreí. Bien jugado pero, ¿quién iba a poder concentrarse en la película con semejante mujer al lado?

CAPÍTULO 2

AMY

Me había pasado tres pueblos. *Mira que eres burra, Amy, ¿cómo se te ocurre sentarlo a tu lado? ¿Se puede ser más obvia?*; fue lo primero que pensé en cuanto apareció con su absurdo cubo de palomitas y su bebida tamaño XXL.

Pasó por delante de mis piernas, con inevitable contacto en aquel espacio tan estrecho.

—Me alegra encontrarte de nuevo —dijo, extendiendo su mano—. Soy Nick.

—Amy.

—Uhm. Hace unos minutos te has escapado, Amy, antes de que pudiese ofrecerte algo de beber.

Plantó el refresco en el hueco para los vasos.

—Estoy bien. Gracias.

—Puedes coger palomitas, ¿eh? Faltaría más. No sé por qué he comprado el tamaño más grande...

Oímos murmullos a nuestra espalda, pero no me giré para ver qué sucedía. Lo sabía muy bien. Querían que nos callásemos, básicamente. A los cinéfilos no nos gusta la cháchara en la sala, ni siquiera durante los trailers previos a las películas. Tampoco llevamos muy bien sentarnos cerca los unos de los otros.

Y, sobretodo, no nos gustan los palomiteros.

Con esto último he de reconocer que yo soy un poco más flexible. A mí sí que me gustan, pero jamás compro para mí sola. Suelo conformarme con una barrita de chocolate que mordisqueo con mucha discreción. Hundí la mano en el cubo de Nick, que había colocado estratégicamente entre sus piernas. ¿Demasiada familiaridad?

—Gracias —susurré, sacando un puñado de palomitas y llevándomelo a la boca.

Él bajó la voz.

—Coge las que quieras. Y Amy...

—¿Sí?

—Me encanta este asiento. Muchas gracias. Ha sido todo un acierto.

¿Estaba flirteando? Todo apuntaba a que sí. La sala se fue oscureciendo aún más y los títulos de crédito de la película aparecieron en la pantalla. No sabría explicar qué sucedió a continuación con Nick, sentado a pocos centímetros de mí, con nuestros codos en permanente contacto.

Mi lenguaje corporal era evidente, y el suyo también. Nuestros hombros estaban demasiado cerca, podía escuchar claramente su respiración y hasta el pulso de cuello. Me miró en un par de ocasiones, de reojo, buscando mi reacción sobre algo que estaba sucediendo en la pantalla; una historia turbulenta entre un sastre y una de sus modelos.

Murmuró algo muy cerca de mi oído en un par de ocasiones y fue en esos momentos cuando aproveché para acercarme un poco más a sus labios. Besarlo era algo que me apetecía mucho y estaba cien por cien segura de que a él le estaba pasando lo mismo. ¿Intuición? No lo sé. El caso es que no lo hice. El pudor fue más poderoso que la evidente atracción que estaba sintiendo hacia aquel completo desconocido.

TODO POR UNA PELÍCULA

—Daniel Day Lewis... Da la casualidad de que es mi actor favorito —murmuró Nick, sonriendo, justo en el momento en que aquella intensa película nos dio una pequeña tregua emocional.

Tenía sentido. Es el actor favorito de mucha gente.

Nuestros dedos se rozaron en un par de ocasiones, en una lucha absurda por el control del reposabrazos que nos separaba. Y en ese momento yo ya fui consciente de lo que estaba sintiendo: anticipación y nervios, porque el final de aquella película, el final de las dos horas que había compartido con él, estaba ya demasiado cerca. Saldríamos del cine Alexis y nuestros caminos se separarían.

¿En qué estás pensando, Amy? ¿En que de ese encuentro fortuito puede surgir algo?

—¿Sueles venir al cine sola? —me preguntó Nick.

—Casi todos los jueves, a la salida del trabajo —le dije.

Nos dimos de bruces con la realidad cuando terminó la película. Nick caminaba a mi lado por ese extraño laberinto que se esconde detrás de las pantallas y que se parece a las entrañas de un hospital, decoradas con posters gigantes de estrellas de Hollywood, y que te empuja hacia la calle de forma surrealista, solo minutos después de haber vivido una vida ajena con total intensidad.

El tráfico y las luces de la Sexta Avenida nos devolvieron a la realidad.

—Ha sido un placer, Amy —me dijo, con aquella sonrisa irresistible de nuevo instalada en su rostro.

NICK

Me quedé petrificado, debajo del cartel luminoso del cine Alexis mientras veía como ella se marchaba en dirección Este. ¿Qué acababa de pasar allí? ¿Por qué demonios no la había besado? No me atreví, esa es la pura realidad. Me pesaba aquella tarde extraña y agridulce, con una mala noticia y una buena. ¿O eran las dos buenas? La más que evidente desaparición de Sonja de mi vida y la llegada repentina y milagrosa de Amy. Y sin embargo, allí estaba, plantado en el asfalto, observando cómo aquella intrigante chica se marchaba.

Esperé para ver si se giraba. *Si se gira, correré hacia ella y la besaré*, me dije.

No lo hizo. Caminaba con decisión, con la espalda recta y sin mirar atrás.

Tal vez nunca volvamos a vernos, pensé. Y al minuto siguiente, la idea contraria: *viene todos los jueves. Si sigues pensando en ella la próxima semana, por alguna remota casualidad, no tienes más que esperarla en la puerta del cine, a la misma hora. Todos los jueves durante el resto de tu vida.*

Empecé a caminar de regreso a mi apartamento en Tribeca. Eché un vistazo a la pantalla del móvil. Tenía un mensaje de Arthur, mi antiguo compañero de trabajo y ahora buen amigo. Estaban a punto de ver un partido de fútbol y me preguntaba si quería pasar a verlo con ellos, en Hickey's, un bar que solíamos frecuentar para tomar unas cervezas y que estaba a unos veinte minutos a pie del cine.

No le iba a contar a Arthur que había decidido meterme en un cine por inercia y ver una película al lado de una guapa desconocida que había decidido, por algún motivo, sentarme a su lado. Era una historia demasiado rocambolesca que no iba a entender del todo.

Estaba en un cruce, esperando a que el semáforo se pusiera en verde cuando un destello de lucidez iluminó mi mente. Ella había escogido para mí un asiento a su lado. ¿Por qué? Si iba sola a ese cine todos los jueves, por qué iba a querer la impertinente compañía de un desconocido?

Di media vuelta y empecé a correr en la dirección que ella había tomado, hacía ya casi diez minutos. Llegué al cruce de la Sexta con Houston Street sin apenas aliento. Miré en todas direcciones.

No la vi. Ni rastro de Amy.

Maldito idiota. ¿En qué estabas pensando, dejándola marcharse así, sin pedirle su número siquiera? Me conocía bien, y la única manera de que aquello no me torturase durante días era convencerme a mí mismo de la mala idea que suponía obsesionarse con una mujer apenas unas horas después de que otra acabe de dejarte.

Di media vuelta y empecé a caminar de nuevo hacia Hickey's. Una sesión de fútbol y cervezas con Arthur haría milagros, estaba convencido. Para cuando volviese a casa aquella noche y, por descontado, para cuando volviera a amanecer, aquella extraña tarde sería solo un fugaz recuerdo.

Es curioso. Ni siquiera volví a pensar en aquella película después de verla. Todo cuanto quedaba en mi memoria eran sus ojos, su insolente minifalda roja, el tacto fugaz de sus dedos y la distancia corta que se había interpuesto entre nuestros labios en varias ocasiones.

Llegué a Hickey's y respiré hondo al entrar en territorio seguro, libre de tentaciones.

—¿Dónde te has metido, tío? —preguntó Arthur —. Te escribí hace horas. Pensábamos que no vendrías.

—Uhm. Fui a dar una vuelta y me metí en un cine de Greenwich Village.

Arthur me miró extrañado.

—¿Todo bien? ¿Lo de Sonja...?

—Sonja es historia.

—Vaya, lo siento...

—No lo sientas. Es mejor así. Me he quitado un peso de encima...Y supongo que ella también.

Arthur se encogió de hombros. Jamás hablábamos de mujeres y muy mal tenía que estar la situación para que aquello cambiase. Me dio una palmada en la espalda.

—Estamos ahí sentados con Rio y Bobby.

—¿Cuatro cervezas? —le pregunté.

Arthur asintió. Me dirigí a la barra y pedí una bandeja grande de alitas de pollo y cuatro pintas de cerveza. Saqué la cartera y busqué mi tarjeta de crédito. No la encontré. No estaba allí. *Mierda*, pensé. La última vez que la había utilizado... fue al pagar la entrada de cine. Después había regresado al puesto de palomitas y había comprado el refresco...con un billete de diez dólares.

Pero la tarjeta se la había quedado Amy. Ella la había metido en la máquina y yo había marcado el código PIN.

Nunca me la devolvió.

Fenomenal, pensé. *Todo bien, Nick. ¿Alguna otra buena noticia hoy?*

CAPÍTULO 3

AMY
Serena, mi compañera de trabajo en la galería de arte, me miró con cara de circunstancias, mientras jugaba con la tarjeta de crédito de Nick Fuller.

—¿Por qué siempre te pasan cosas, Amy? A mí nunca me pasa nada. Estoy permanentemente aburrida mirando la vida pasar a través de estos ventanales.

Me reí. Aquello no era cierto. En absoluto.

—La cuestión es, ¿qué hago? —le pregunté.

—No tienes muchas opciones, ¿no?

—Bueno, para empezar, me gustaría devolverle su tarjeta.

Serena suspiró. Le encantaba dar consejos que ella jamás se aplicaría a sí misma.

—¿Para qué? Podríamos irnos de compras esta misma tarde, todo a cargo del señor Fuller. Por cierto, ese nombre me resulta familiar.

—Sí, claro. Esa es una opción muy realista. Como si no hubiese ya cancelado la tarjeta de crédito para evitar que dos arpías se fundan todo su dinero en Sephora.

—Entonces, ¿si crees que ya la ha cancelado, para qué querrías devolvérsela? Ahora es solo un trozo de plástico inútil, Amy.

Abrió uno de los cajones de la mesa de recepción y sacó de allí unas tijeras, que me extendió como si sirvieran para cortar el último hilo de esperanza que me conduciría de nuevo hasta Nick.

—Por seguridad, tal vez deberías cortar esa tarjeta. Tiene mucha suerte de que haya caído en tus manos y de que estés colada por él. Si no ya lo habrías desplumado.

—¡Por supuesto que no lo estoy!

—Llevas dos días hablando del chico del cine, Amy. ¡Y déjame decirte que me encanta! Hacía tiempo que no hablabas con tanta intensidad de ninguna de tus citas.

—Yo no lo llamaría cita, la verdad.

Selena llevaba con su novio desde tiempos inmemoriales, cosa que me fascinaba porque era una auténtica adicta al drama que vivía intensamente a través de las historias fugaces de sus amigas, sus compañeras de trabajo —en concreto yo misma—, o unas inquietantes novelas románticas que leía a escondidas cuando nadie entraba a ver los cuadros y que forraba con papel de revistas porque, textualmente, "a ningún pasajero del metro de Nueva York le importa qué es lo que ando leyendo".

—Aunque sería muy falso por mi parte no reconocer que sigo pensando en él —admití.

—No te preocupes. Vamos a localizarlo.

—¿Cómo, Serena? Hay centenares de Nick Fuller en Facebook. Ya lo he intentado. Es como buscar una aguja en un pajar.

—¿LinkedIn? ¿De qué me suena ese nombre? ¿No será alguno de nuestros hambrientos artistas, no?

—No, LinkedIn tampoco. Cero.

—¿Y no hablasteis nada? ¿No te dio ninguna otra pista?

Negué con la cabeza.

TODO POR UNA PELÍCULA

—Estábamos en el cine. Viendo una película. El resto de espectadores nos habría asesinado si nos hubiésemos puesto a charlar en medio de la proyección como si nada.

En ese momento entró una clienta, una vieja conocida de la galería de arte contemporáneo Sailor's Crest. Serena se acercó a ella y empezaron a conversar. Llevaba más de dos años trabajando allí y aún no había decidido si quería quedarme mucho tiempo más o no. Mi sueño era tener mi propia galería y podía decirse que ya tenía el bagaje necesario. Solo necesitaba un socio capitalista. Observé la tarjeta de crédito de nuevo.

La verdad, no recuerdo muy bien cómo había ido a parar a mi bolso. Supongo que fueron los nervios del momento. Habíamos sacado la entrada de la máquina y mientras Nick rescataba el papelito con su asiento asignado en la ranura cogí la tarjeta y la tuve en la mano. En ese instante, él se acercó al bar del hotel. Yo estaba tan descolocada por haberme atrevido a marcar el asiento de al lado que supongo que pensé que la dichosa tarjeta era mía y la guardé en el bolso sin darme cuenta. Y a él también se le olvidó por completo. Sabía el PIN perfectamente, un pequeño detalle que no le había mencionado a Serena.

Guardé de nuevo las tijeras en el cajón y la tarjeta de crédito de Nick Fuller en mi monedero. Solo se me ocurría una cosa. Volver al cine el jueves siguiente.

Si él volvía, habría una mínima posibilidad de que algo sucediese entre nosotros. Y si no, vería otra película y seguiría con mi vida.

NICK

Entré en cuatro salas antes de dar con ella. Finalmente la encontré, exactamente en el mismo asiento. Misma fila, distinta película. Misma melena oscura situada al fondo, cerca de la pantalla. Y esta vez, sola en la sala. Todo apuntaba a que Amy era una chica de costumbres fijas.

Avancé por el pasillo, nervioso. Llevaba toda la semana esperando a que fuese jueves para que existiese una mínima opción de volver a verla. No hay ni que decir que estaba totalmente arrepentido de no haberle dicho nada cuando salimos del cine.

Esa tarde, si todo iba como había previsto, iba a ser muy diferente. Y todo apuntaba a que las cosas empezaban bien. Allí estaba Amy. Fila cuatro, asiento dos. Bendita rutina.

Cuando llegué a su altura y me miró, su rostro se iluminó. Echó las piernas a un lado para dejarme pasar, y ese nuevo contacto de nuestras rodillas hizo que mi pulso se acelerara. Ya notaba perfectamente el cosquilleo en la piel, el que anticipa lo inevitable: que no pienso separarme de su lado hasta que sea mía.

La película aún no había empezado, cualquiera que fuese. Me senté a su lado y me incliné hacia ella, estudiando cada milímetro de su rostro. Buscaba pistas en él. ¿Me esperaba? ¿Habían servido de algo las ondas telepáticas que le había enviado durante toda la semana, con la esperanza de que esa no fuese, precisamente, la que faltase a su cita?

—¿Hoy no hay palomitas? —me preguntó.

Me reí. Ni se me había pasado por la cabeza. Había comprado una entrada para una película al azar y había entrado en varias salas, confiando en encontrarla en alguna de ellas.

—Esta semana estoy sin blanca —bromeé—. Alguien tiene mi tarjeta de crédito.

TODO POR UNA PELÍCULA

Amy se llevó la mano a la boca y tuve que contener las ganas de retirarla con cuidado y besarla en ese preciso instante. Mis ojos se deslizaron hacia su generoso escote, no podía evitarlo. Aquella chica, sentada, esperando su película, rodeaba de oscuridad, me atraía demasiado.

—Lo siento mucho —me dijo—. Tengo tu tarjeta, aunque supongo que la has cancelado. O eso espero.

—¿Por qué? ¿La has usado?

—¡Por supuesto que no!

—Confiaba en que hoy nos encontraríamos de nuevo y me la darías —le dije—. Así que supongo que sigue activa.

—Obviamente me la guardé sin querer. No estaba pensando. Escucha, Nick. Yo...

En ese momento las luces de la sala empezaban a apagarse. Eché un vistazo al patio de butacas. Estábamos completamente solos. ¿Cómo era eso posible en la sesión de las seis de la tarde, en una de las ciudades con más densidad de población del continente?

—No hay nadie más —dije, consciente de la enorme tentación que suponía estar a oscuras con ella. A solas.

—No es una película muy popular...

—¿Qué vamos a ver?

—¿Qué película has escogido para ver hoy, Nick?

Respiré hondo.

—No he venido por la película. Quería verte de nuevo.

Amy abrió la boca para contestar, pero la cerró enseguida. Llevaba, de nuevo, una minifalda, sin medias a la vista. Sus muslos estaban demasiado cerca de mis manos y solo esperaba que ella me guiase con su mirada, que me permitiese tocarla. Sacó la dichosa tarjeta de crédito de su bolso y me la devolvió.

—Espero que te guste el cine de terror —me dijo, sonriendo de una manera muy sexy—. Solo quería decirte que me alegra que hayas venido. La semana pasada...

—Fui un idiota —le interrumpí—. Llevo toda la semana intentando asimilar por qué permití que te marcharas sin más. Por qué no te pedí tu número. Y sobre todo, por qué no te besé.

CAPÍTULO 4

A^{MY} Traté de relajarme en mi asiento, pero no era tan fácil, con el hombro de Nick pegado al mío, intentando recuperarme del sonoro efecto de sus palabras. ¿Qué podía decirle? Que me había encantado lo que había dicho, por supuesto. Pero los títulos de crédito nos interrumpieron y él, justo después de soltarme que había querido besarme lo que hizo fue justamente lo contrario. Se acomodó en su asiento y clavó los ojos en la pantalla. *Parece que no me lo vas a poner tan fácil, ¿no es así Nick Fuller?*

Sin embargo, yo sabía muy bien que aquella tarde había escogido la película perfecta para nuestro improbable reencuentro. *Midsommar* era una historia de terror que tenía lugar a plena luz del día, y que, si me había enterado bien, tenía mucho que ver con el solsticio de verano, el norte de Suecia y una secta bastante turbia. No soy especialmente fan de ese tipo de películas. Soy asustadiza y lo paso mal. Pero era la única que empezaba a la misma hora que la de la semana pasada.

No sabría determinar con exactitud el momento en que ya fue evidente lo que iba a pasar entre Nick y yo. Lo que no esperaba es que yo me dejaría llevar en ese momento, en ese lugar, y todo porque no pudimos quitar nuestras malditas manos de encima del otro.

Todo empezó con el primer susto, por supuesto. Di un respingo en mi asiento y, automáticamente, enterré la mirada detrás de su hombro. No quería ver lo que estaba sucediendo en la pantalla. Me daba miedo. En ese momento su brazo se estiró, ocupando todo el espacio que nos separaba, como si me lo ofreciera. No pude resistirme, claro. Me agarré a él y lo apreté a mi antojo con cada sobresalto.

No sabría decir en qué momento de la película decidimos dejar de resistirnos, pero fue a una media hora del final. Nick me acarició la mano, la misma que agarraba su bíceps, y ahí fue donde ambos nos entregamos al beso más lento y apasionado que soy capaz de recordar.

Y por la manera en que su lengua se entretenía con la mía en la oscuridad de aquella sala, fui consciente de que aquello no se iba a quedar en un simple beso, porque nuestras manos ya volaban por encima de nuestra ropa, y las suyas, en concreto, por debajo de mi falda.

Nick puso la mano en mi rodilla y me acarició el muslo y por mi respuesta, un acto reflejo que debió ver como una invitación, se atrevió a tocarme entre las piernas, abiertas, esperándolo. Se acercó a mi oído. Estaba muy alterado y podía apreciar un considerable bulto ya entre sus piernas.

—Amy... estamos solos en esta sala, pero tienes que avisarme cuando quieras que pare. Has de ser tú, porque yo voy a ser incapaz de detenerme, ¿has entendido?

Ese susurro excitado me encendió todavía más. Mis rodillas se separaron aún más. Sus dedos llegaron hasta mis braguitas. Empezó a tocarme. *Ojalá no se detenga*, pensé.

—Dios mío, Amy. Estás tan húmeda...

Nick echó un vistazo de nuevo a la sala vacía. No había nadie más, pero yo estaba convencida de que el responsable de la proyección podría llegar a vernos desde su habitáculo en el caso que decidiéramos seguir adelante con aquello...

Como si pudiese o quisiera resistirme.

Como si no estuviese disfrutando en ese preciso momento del primer orgasmo de aquella tarde, gracias a aquellos dedos que presionaban repetidamente mi punto más débil, mientras una joven rubia gritaba asustada desde la pantalla.

NICK

Ver cómo Amy contenía el aliento mientras se corría en mis manos me volvió loco. La cogí de la mano, y me levanté. Si seguíamos en aquella sala de cine podrían detenernos por escándalo público.

—Ven conmigo —le dije.

Era una habitación en la que me había fijado el jueves anterior, mientras abandonábamos la sala por los pasillos internos del edificio. Estaba entreabierta y sabía muy bien que aquello no eran los baños del cine, ni tampoco una de las oficinas de personal.

Salimos a toda prisa de la sala y nos perdimos por los pasillos del edificio Alexis.

—¿Dónde vamos? —preguntó Amy.

—Tranquila, solo acompáñame.

Recorrimos todo el pasillo hasta el fondo, yendo hacia el lado contrario que indicaban las flechas de salida. Vi la habitación. Por suerte la puerta estaba entreabierta. Era un almacén forrado de estanterías metálicas. En ella había cajas de cartón repletas de rollos de película, posters gigantes y dos hileras de cuatro butacas viejas. Entramos, encendí la luz, una bombilla polvorienta que apenas iluminaba nuestros rostros y llevé a Amy hasta las butacas.

—Llevo toda la semana pensando en ti —le confesé—. No sé qué habría hecho de no encontrarte hoy.

Me senté en las butacas, que colocamos de manera que la puerta quedase cerrada y nadie pudiera sorprendernos. Ella se sentó sobre mis rodillas y me dio pleno acceso a sus pechos. No pasaron ni dos segundos y mis manos, como si actuasen por propia voluntad, se deslizaban ya debajo de su sujetador. Ella me desabrochaba la camisa a toda velocidad.

—Acércate, por favor —le dije.

Quería sentir sus pezones deslizándose sobre mi pecho mientras me besaba. Restregándose. Arañándome. Volví a meter la mano bajo su falda y, apartando el tanga que cubría su intimidad, introduje un dedo en su interior. Amy estaba perfectamente lista para mí, para recibirme. Y no hacía falta que yo moviese ningún otro dedo, porque ella no parecía dispuesta a detenerse. Buscaba la hebilla de mi cinturón con cierto desespero.

—Ya, Nick —dijo, completamente excitada —. Necesito tenerte ya dentro. No puedo más...

Era como un animal descontrolado, subida a horcajadas encima de mi cadera, agitando su melena oscura bajo cada una de mis caricias. Liberó mi polla a toda velocidad y se sentó despacio encima de ella, introduciéndosela despacio mientras enterraba mi cara entre sus pechos. Ahogó un grito en mi cuello. ¿Qué estábamos haciendo? ¿Qué nos estábamos haciendo, en aquel cuartucho polvoriento, donde alguien podría sorprendernos?

—Fóllame, Amy —le dije —. Quiero ver cómo te mueves. Más rápido, no dejes de moverte, te lo suplico.

Noté el calor súbito y la energía nuclear que se desprendía de nuestros cuerpos. La sentía estrecha y muy húmeda, y se deslizaba sobre mi miembro como si no hubiese hecho otra cosa en su vida, como si conociese hasta el más íntimo secreto de mi cuerpo.

Me incorporé, la levanté en volandas y la dejé sobre las butacas, mirando hacia la pared.

—Ven aquí. Acércate.

Ella me ofreció su trasero.

Rodeé sus caderas con mi brazo derecho y me amoldé a ellas. La penetré de nuevo, desde atrás. Ella gritó de puro éxtasis, echando su melena hacia atrás, ofreciéndomela. La agarré del pelo con firmeza y besé su cuello despacio, mientras acariciaba su clítoris con la mano que me quedaba libre.

—No puedo más, Nick —susurró.

—Yo tampoco. Yo tampoco, Amy.

Nos perdimos de nuevo el uno en el otro, una vez más. Y todas las que estaban por llegar. Amy ahogó un nuevo grito desgarrado de puro placer en mi mano. En ese instante yo me retiré de su interior, en el momento preciso, y me vacié entre sus muslos enrojecidos.

CAPÍTULO 5

AMY

Salimos del cine Alexis con cuidado de que nadie nos viese y nos lanzamos corriendo a las animadas calles del Greenwich Village. Me refugié bajo el brazo derecho de Nick, casi incapaz de pronunciar palabra después de lo que acababa de suceder entre nosotros. Debía remontarme atrás, muy atrás en mi historia personal, para encontrar un momento en el que me hubiese dejado arrastrar de esa manera por mi propio deseo.

Pero ninguna de mis memorias era comparable a lo que me había hecho sentir Nick Fuller en aquel almacén del cine Alexis donde, por cierto, no pensaba volver en una larga temporada, por si las moscas.

¿Cómo podíamos habernos descontrolado de esa forma? De la misma manera que no podía separarme de su abrazo, no podía mirarlo a los ojos, porque yo ya sospechaba que estaba perdida, unida a él de manera irremediable. Caminábamos bajo las luces de Nueva York, satisfechos, felices y enrojecidos.

Me sentía unida a alguien que me gustaba, que me atraía mucho, alguien en quien llevaba días pensando por la evidente conexión que teníamos; pero de quien no sabía absolutamente nada más que su nombre y su apellido. Y eso de repente me producía vértigo. El mismo tipo de vértigo que podría preceder a una dolorosa caída.

¿Qué iba a pasar a continuación? ¿Me acompañaría hasta alguna boca de metro y se despediría de mí hasta el próximo jueves? ¿O desaparecería de mi vida sin dejar rastro, dejando un hueco extraño e inesperado en ella? Rodeé su cintura con el brazo y lo atraje un poco más hacia mí. Esa idea, en ese momento, me parecía sencillamente insoportable.

—¿Tienes hambre? —me preguntó —¿Quieres cenar algo?

—Sí, por favor.

Me besó en el siguiente semáforo y eso me tranquilizó un poco. Se me hacía extraño preguntarle algo tan simple como a qué se dedicaba cuando, la verdad, era como si nos conociésemos desde hacía siglos.

—¿Vives en el Village, Nick? —le pregunté.

—En Tribeca —contestó él —. ¿Y tú?

—Village. No muy lejos de aquí. Y trabajo cerca, también. Así que no suelo moverme mucho por Manhattan.

—¿Qué haces exactamente?

—Trabajo en una galería de arte —contesté—. Programo exposiciones.

Nick sonrió.

—Qué casualidad. ¿En cuál?

—Sailor's Crest.

—Buen sitio. Debes trabajar para Ali Feldman, entonces.

Me detuve en medio de la acera. ¿Quién era Nick, en realidad?

—¿Conoces a Ali? Es mi jefa.

—Sí. Es mi antigua socia.

—Entonces, ¿eras galerista?

—Exacto. Ahora trabajo por mi cuenta, pero sí. Soy un inversor, más bien. Represento a artistas plásticos.

Oh, oh. Oh. Dios mío. ¿Así que este era el mismo Nick Fuller que Serena decía que le resultaba familiar? De repente deseé que un agujerito se abriese en el asfalto y las entrañas de Nueva York me devorasen.

Si este era el antiguo socio de Ali debía estar forrado. Nunca había visto ninguna foto de él. Nuestra jefa siempre nos había dicho que era un tipo muy privado, que solo quería operar en la sombra, localizando a los mejores artistas y catapultándolos al éxito más absoluto.

Y yo, sin saber quién era, había hecho de todo con él en el almacén de un cine de la Sexta Avenida. Estudié su rostro con disimulo. ¿Podía confiar en su discreción? Había llegado a Nueva York hacía tres años para perseguir mi sueño de triunfar en el mundo del arte. Mi esperanza inicial de trabajar en alguno de los grandes museos se había convertido en el deseo firme de tener mi propia galería. Y sin saberlo había encontrado a alguien de quien podría aprender una infinidad. ¿Lo había arruinado todo por haber sucumbido a la tentación?

NICK

Cenamos en un restaurante japonés informal que solía frecuentar cuando no me apetecía cocinar en casa; cosa que sucedía, en esencia, casi siempre. Amy estaba un poco silenciosa desde que habíamos descubierto nuestra conexión en el mundo artístico pero, a decir verdad, a mí no me importaba lo más mínimo.

Hacía siglos que estaba desvinculado de Ali Feldman y de la galería Sailor's Crest. Es más, ni siquiera se llamaba así cuando ella y yo la pusimos en marcha. Dos años después de inaugurarla, lo dejé para dedicarme en exclusiva a representar a artistas. Me pareció increíble y perfecto que tuviésemos todo aquello en común y para ser sinceros, no era algo tan raro en aquella zona de Manhattan, donde había una galería de arte en cada esquina.

Observé cómo devoraba un plato gigantesco de ramen. Tenía grandes planes para aquel jueves por la noche. Con Amy, por supuesto. Quería llevarla a mi ático en Tribeca y dormir con ella, volver a arrancar orgasmos de su cuerpo, esta vez entre mis sábanas, con todo el tiempo del mundo para atender cada centímetro de su piel.

Esa sola imagen debió de provocar una sonrisa en mi rostro, porque ella se dio cuenta.

—Qué.

—Nada.

—Te estás riendo.

—Estaba pensando en esta noche. ¿Tienes planes, Amy?

Ella negó con la cabeza.

—Mi único plan de los jueves es el cine.

Me acerqué un poco más a la mesa. Quería ser directo y muy claro con mis intenciones.

—¿Te gustaría pasar la noche conmigo? ¿Quieres venir a casa? Necesito saber todo sobre ti. Así podremos hablar tranquilamente.

Esperaba que no sonase como un depravado, pero solo estaba amplificando con palabras lo que me pasaba por la mente. No recordaba a ninguna otra mujer previa a Amy, era como si mi memoria sentimental se hubiese borrado de un plumazo después de aquella tarde.

Tal vez ese fue mi error de cálculo.

Cuando Amy me dijo que sí, pedí la cuenta y nos marchamos de allí. Podíamos caminar hasta casa, era un paseo de unos veinte minutos y la noche era cálida y agradable. La rodeé con mis brazos y me pregunté cómo era posible que aquello nos hubiese golpeado tan rápido. Por qué no tenía ninguna duda de que aquella chica era una seria candidata a instalarse en mi maltrecho corazón y repararlo sin ni siquiera pretenderlo.

Llegamos al edificio donde vivía, al final de Hudson Street. Subíamos en el ascensor, riéndonos, felices y tranquilos por nuestro reencuentro. Abrí la puerta mientras ella rodeaba mi cintura con sus brazos.

Fue entonces cuando las cosas se torcieron. Al fondo, en la cocina, esperándome con los brazos cruzados, vestida con un traje de chaqueta y con una copa de vino entre las manos, estaba Sonja. Nos quedamos petrificados en medio del salón. ¿Cómo podía tener la cara dura de presentarse en casa después de lo que había hecho? Vivíamos juntos hasta hacía una semana y sí, aún no me había devuelto las llaves del apartamento, pero ¿cómo era capaz de entrar sin avisar y abrir una botella de vino?

—Creo que tenemos una conversación pendiente, Nick —dijo, sin importarle en absoluto que estuviese acompañado.

—¿Una conversación? ¿Ahora quieres hablar? ¿Qué demonios estás haciendo aquí?

Di unos pasos en dirección a la cocina.

—Tienes que irte —le dije—. Ya mismo.

—¿No me presentas a tu nueva amiga?

—¿Cómo te atreves a pedirme explicaciones después de lo que has hecho? Lárgate ahora mismo, Sonja.

No se movió ni un centímetro.

—Es mejor que me vaya —murmuró Amy, a mi lado.

—No. Ella ya se va —contesté.

Mi enfado iba en aumento.

—Sinceramente, Nick —dijo Sonja—. He estado reflexionando y me he dado cuenta de que no quiero este final para nosotros. No después de tres años juntos. Así que creo que lo mejor es que nos sentemos y que...

Me acerqué a ella.

—No quiero hablar contigo ahora. ¿Tanto te cuesta entenderlo?

Sonja me observó con esa sonrisa burlona que tanto detestaba. Miraba por encima de mi hombro, y de repente sus labios se ensancharon. Respiró hondo.

—Solo quería devolverte tus llaves. Y despedirme como es debido.

—Bien. Déjalas ahí encima y lárgate.

Nunca, jamás, hubiese esperado encontrármela allí. Me lamenté por mi terrible mala suerte. Si había algo que no quería bajo ningún concepto era aquel encuentro desastroso a tres bandas. Me giré para pedirle a Amy que me diera un minuto, que lo solucionaría rápidamente y le explicaría con calma todo lo que estaba sucediendo.

Pero, por supuesto, se había ido. Se había esfumado en completo silencio.

Al entrar en casa habíamos dejado la puerta abierta, pero ella no la cerró al marcharse.

CAPÍTULO 6

A^{MY} Ni todo el café del mundo iba a arreglar aquella desastrosa mañana de viernes. Apenas había dormido. Estaba molesta, dolida, cabreada con mis propios impulsos. Soy buena leyendo situaciones, o eso creía. O tal vez vea demasiadas películas. La cuestión es que tuve muy claro, al llegar al impresionante ático de Nick Fuller la noche anterior, donde lo esperaba su novia, que yo allí sobraba.

No pintaba nada. Me sentí violenta, no quería ser testigo de lo que fuese que aquellos dos se traían entre manos. Me sentía como si hubiese cometido un serio error de cálculo, fruto de la precipitación y de aquella pasión desmedida y sinsentido por la que me había dejado arrastrar.

Serena se acercó al mostrador de la sala principal de la galería, donde pretendía esconderme para ocultar mis evidentes ojeras y los ojos hinchados. Las lágrimas nocturnas son las peores. No circulan como deberían por el rostro y se acumulan bajo los párpados.

—Noches alegres, mañanitas tristes —me dijo mi compañera.

La miré con cara de circunstancias. No tenía ganas de hablar del tema ni de darle demasiadas explicaciones sobre lo sucedido. Pero por una vez, Serena no hurgó en la herida. Al contrario, se estaba portando muy bien aquella mañana. Me dijo que me quedase yo en el mostrador, que ella se ocuparía de todas las visitas y de los mensajeros. También fue a comprarme un café gigante y unos donuts, y me prestó unos discretos parches de hidrogel y su carísimo corrector de Chanel.

A las once de la mañana estaba empezando a resucitar, pero seguía dándole vueltas a lo sucedido. Y sabía muy bien el principal motivo: que había reaccionado de forma impulsiva y que me tocaba, si quería reconducir la situación, pasar por casa de Nick y tener una conversación de adultos, si es que recordaba exactamente cómo llegar. Y todo ello porque, adivinad: no tenía su número.

Sí, supongo que podría pedírselo a nuestra jefa, Ali, pero no era una opción que contemplase. Por varios motivos. Primero, porque era lo más parecido a una jefa virtual. Viajaba mucho, dejaba casi todo en nuestras manos y en las de su secretaria y la veíamos aproximadamente una vez cada dos meses. Segundo, el hecho de pedirle el teléfono de Nick supondría levantar sospechas innecesarias, como si estuviera tramando algo a sus espaldas. Porque por nada del mundo quería que se enterase de nuestro *affaire*.

Un *affaire*. Ese era el segundo tema. Tenía la opción de admitir que aquello había sido una locura pasajera y que nunca entraría de nuevo en el cine Alexis; y que las calles de Nueva York y su tráfico humano incesante evitarían que nos volviésemos a encontrar. A veces las historias reales que convertimos en recuerdos pueden ser igual de reconfortantes.

Serena interrumpió mis ensoñaciones. Había salido de la galería con el móvil en la mano para hacer una llamada, y aunque no podía verla desde la parte trasera del mostrador, sabía que se entretendría un rato en la puerta de la galería. Pero nadie nos visitaba a esas horas de la mañana. A veces venía algún joven artista con sus credenciales bajo el brazo preguntando si había alguna remota posibilidad de exponer allí, pero poco más.

Colocó un pequeño paquete sobre el mostrador.

—Han traído esto para ti.

—¿Qué es?

—No tengo la menor idea.

—¿Pero...era un mensajero?

—No, era una especie de dios griego.

—Hoy no estoy para intrigas, Serena.

Se encogió de hombros.

—No tenía pinta de mensajero —dijo—. Era un chico alto y moreno. Me ha preguntado si trabajabas aquí y si podía darte esto.

—¿Y por qué no ha entrado él mismo a dármelo?

—Ni idea, Amy. Tomo nota de toda la información que necesitas para la próxima vez.

Cogí el paquete. Era pequeño y delgado, del tamaño de un libro, más o menos. Lo giré para ver si había remitente, pero no había nada escrito sobre el papel marrón, más que mi nombre:

AMY

Serena se apoyó en el mostrador. No estaba dispuesta a largarse de allí sin enterarse de lo que contenía el dichoso paquete. ¿Privacidad? ¿Para qué?

—¿No vas a abrirlo?

Me encogí de hombros y empecé a rasgar el papel.

Era un DVD. Mi corazón empezó a palpitar con fuerza. Conocía aquella película, por supuesto. Era *Midsommar*, la misma que Nick y yo habíamos...

Una nota se desprendió del papel:

Me temo que no terminamos de ver la película ayer. Deberíamos ponerle remedio, ¿no crees? Esta vez, mejor a solas.

XX,

Nick

NICK

Me acerqué al cristal de la galería Sailor's con la esperanza de verla mientras abría el paquete. Me había recorrido tres videoclubs de Broadway hasta dar con la dichosa película, porque, no sé si lo sabéis, pero los videoclubs prácticamente han desaparecido de la faz de la tierra. Por suerte en Nueva York aún quedan nostálgicos de los viejos formatos. Fue en ese momento cuando me enteré que el cine Alexis no proyectaba estrenos, sino películas recientes que recuperaban por algún motivo.

Por eso estaba siempre tan vacío, Nick.

La ventana de la galería de arte era translúcida. Amy no podía verme desde donde estaba, pero yo sí podía adivinar su silueta en el preciso instante en que se levantó de un salto de la silla y se dirigió hacia la puerta. El sol decidió asomarse en ese momento por aquel callejón del Village, cayendo directamente sobre mis gafas de sol.

La puerta se abrió. Y allí estaba Amy, y cualquier duda sobre si había hecho bien en presentarme en el sitio donde trabajaba, se esfumó de un plumazo. Al fin y al cabo, la alternativa era jugársela de nuevo en el cine Alexis.

Pero no estaba dispuesto a esperar otra semana para verla. La miré, esperando su reacción.

Bajó los tres peldaños que nos separaban y me abrazó. Noté como nuestra respiración se acompasaba, liberándonos del peso que nos oprimía desde hacía unas horas. La abracé fuerte. No iba a dejar que se separase de mí hasta que escuchase lo que tenía que decirle.

Susurré junto a su oído:

—Amy, lo que viste anoche...Solo era un mal final. Una separación convirtiéndose en realidad. Siento que lo presenciaras, la verdad. Solo he venido para decirte que quiero estar a tu lado. No quiero prometer cosas, solo pedirte que me dejes acercarme a ti. Te aseguro que no habrá ningún obstáculo entre nosotros.

Se separó unos centímetros para encontrarse con mis ojos. Me quité las gafas de inmediato.

Ningún obstáculo.

—Y yo siento haberme ido de forma repentina —me dijo—. Pero sentía que allí no pintaba nada y que tal vez nos habíamos precipitado.

—Precipitarse está bien...de vez en cuando.

Sonreí automáticamente al ver que sus labios me ofrecían la ansiada tregua.

La besé.

Al final, lo de Sonja no había resultado tan problemático. Entró en razón enseguida. No habría estado tres años con ella si no fuese alguien con dos dedos de frente. Pero a veces puede resultar irreflexiva e irritante y, por suerte, ambos habíamos entendido hacía tiempo que no podíamos tener ese tipo de relación. Y no podía más que sentirme agradecido por cómo habían ido las cosas.

TODO POR UNA PELÍCULA

Si Sonja no se hubiese largado de la noche a la mañana para irse a vivir con otro yo no habría sentido la necesidad de dar un paseo por el Village aquella tarde para despejarme. Jamás habría entrado en un cine a ver una película. ¿Quién hace algo así?

Abracé a Amy. No me había separado de su abrazo y ya estaba impaciente por nuestro siguiente encuentro.

—Entonces, ¿por dónde íbamos?

—La película.

—Ah, sí. ¿Quieres que terminemos de verla? ¿En mi casa? ¿Esta noche?

Ella asintió. Me besó de nuevo, sin ninguna prisa, tomándose todo el tiempo del mundo para recorrer mis labios.

Obviamente, tampoco terminamos de ver *Midsommar* esa noche.

Ni esa ni ninguna otra noche.

Me pregunto si Amy y yo, alguna vez, seremos capaces de llegar a la palabra FIN.

Sinceramente, tengo mis dudas.

EPÍLOGO

O**cho meses después**
AMY

Doy unos pasos sobre el suelo de madera, buscando los rayos de sol que atraviesan la cristalera por uno de los patios interiores. Me detengo unos instantes mientras me recreo en esa sensación tan placentera, cuando tus párpados se calientan y se iluminan por dentro.

Siento la presencia de Nick a mi espalda. Su pecho enorme protegiéndome y sus caderas pegadas a las mías.

Me abraza, cubriendo mi vientre con sus brazos. Como si ya lo supiera. Como si lo sospechara.

—Cariño, la decoradora quiere que escojas los materiales para los armarios.

—Claro, voy enseguida.

En ese instante vuelvo a la realidad, solo que desde hace ya ocho meses no es cruda, todo lo contrario. Es como vivir un sueño perfecto y yo me pregunto, con aquel hombre increíble al lado, pendiente de mí las veinticuatro horas, qué he hecho bien para merecer tantas cosas positivas.

Faltan solo diez días para inaugurar nuestra galería. Mía y de Nick. Él se ocupará de encontrar el talento que necesitábamos y yo seré la directora y administradora. Tenemos grandes planes. En cuanto le hablé de mi firme determinación de tener mi propio local se le iluminaron los ojos. Hacía tiempo que pensaba en abrir un espacio donde poder exhibir los cuadros de los artistas que iba descubriendo, en lugar de repartirlos por toda la ciudad. Y resultó que Nick, en esa tarjeta de crédito que custodié durante una semana, tenía todo el dinero que necesitábamos para hacer realidad nuestro sueño.

Al cabo de un mes desde aquella primera conversación dejé mi trabajo en Sailor's y, poco a poco, nos fuimos a vivir juntos. Digo poco a poco porque ha sucedido de forma progresiva y natural. Llegó la mañana en que no nos apeteció separarnos al despertarnos.

Nick me pidió que dejase mi pequeño apartamento en el Village una noche en la que salíamos del cine Alexis. Sí, habíamos vuelto a frecuentarlo. Portándonos bien, por supuesto. Es un sitio muy especial para los dos.

Esta tarde, si todo va bien y terminamos pronto, volveremos por segunda vez desde que estamos juntos y creo que va a ser en esa fila cuatro, delante de la pantalla, donde le daré la buena noticia. Que pronto seremos tres. Que tenemos mucho trabajo por delante, pero también mucha energía y mucha felicidad de la que disfrutar.

Me rodea con su brazo y paseamos por nuestro nuevo y flamante espacio artístico.

—Vamos, veamos qué necesita esa decoradora —le digo, antes de besarlo.

CONTENIDO EXTRA

A continuación puedes leer los primeros capítulos de mi novela

LA ESPÍA QUE TE AMÓ

CAPÍTULO 1

Emma notó el móvil vibrando en el bolso y no necesitó sacarlo para intuir que Mateo volvía al ataque después de una de sus típicas desapariciones. Se moría de ganas de ver qué ocurrente excusa le presentaba esta vez, pero no lo hizo en aquel mismo momento porque tenía las manos ocupadas sujetando a su gato, Mirko, sobre la mesa del veterinario. Era como si aquel condenado gato oliese a kilómetros que se acercaba el momento de la vacuna.

El doctor Ramón resopló y esquivó un nuevo zarpazo mientras ponía a punto la jeringuilla.

—Mi cliente está hoy bastante nerviosito —dijo, seguido de una risa un poco irritante.

Emma lo observó sin inmutarse. El veterinario siempre llamaba a Mirko "mi cliente". No sabía si era consciente de que la clienta en realidad era ella, ya que daba la casualidad de que Mirko no tenía dinero para pagar la factura. El gato soltó un feroz maullido cuando la aguja se hundió en una de sus patas traseras. Acto seguido, Emma lo levantó y lo acunó entre sus brazos, olvidándose por completo del estado en que quedaría el suéter negro que se había puesto aquella mañana y que pretendía llevar a la oficina en un rato.

—Genial —dijo cuando se dio cuenta del error—. Otra vez cubierta de pelo de gato.

Una vez consiguieron introducir de nuevo a Mirko en su jaula portátil, Emma se plantó delante de la recepcionista de la clínica veterinaria para extenderle la tarjeta de crédito. El bolso vibró de nuevo y entonces sí, sintió la imperiosa urgencia de comprobar si estaba en lo cierto. Metió la mano y rebuscó a la caza del aparato. En efecto, dos escuetos y frustrantes mensajes de Mateo:

Hey, ¿qué tal?

¿Estás por aquí estos días?

Madre mía. Un martes a las nueve de la mañana. ¿Dónde iba a estar si no? Y encima "hey". Intuyó que sería completamente inútil contestarle, pero no pudo contenerse. Ignoró los maullidos de Mirko durante unos segundos y tecleó la respuesta más seca del mundo:

Sí, estoy aquí

Las dos moscas azules que indicaban que Mateo había obtenido el masajito para su ego aparecieron en la pantalla. Se quedó mirando el chat durante unos segundos y ¡oh, sorpresa! El muy capullo no contestó. La recepcionista carraspeó para recuperar la atención de Emma, que había aparcado el trasportín del gato sobre su mesa.

—Perdona. Era un mensaje urgente.

—Aquí tienes —la chica le devolvió la tarjeta de crédito.

Salió pitando de la clínica. Tenía que pasar por casa para dejar al gato, cambiarse de jersey y salir corriendo de nuevo hacia la agencia de detectives en la que trabajaba y donde le esperaba la asignación de un nuevo caso. No podía —o más bien no debería— permitir que Mateo la cabreara tan de buena mañana. Pero el hecho de que con todo el lío del veterinario ni siquiera le diera tiempo a tomarse un café y hojear un rato el periódico en su cafetería de confianza, como hacía todas las mañanas antes de ir a trabajar, añadía un puntito extra de ansiedad a aquel día, que se avecinaba bastante complicado.

Llegó a casa, le abrió la puerta de la cesta al gato y salió corriendo de nuevo sin acordarse de cambiarse el jersey.

En cuanto llegó a la boca de metro notó una nueva vibración en el bolso. Aquello ya parecía el efecto del perro de Pavlov. ¿Se dignaría finalmente Mateo a pedirle una cita como diosa manda en lugar de proponerle planes tardíos en su casa a última hora de la noche?

Sacó de nuevo el móvil. No era Mateo, era Feli, su compañera en la agencia de detectives:

No hace falta que te des prisa. Cristóbal sigue atrapado
en el aeropuerto de Londres y no llegará hasta mediodía.
Ha pospuesto la reunión hasta después de comer.

Genial. El día empezaba a mejorar. Se dio media vuelta y se dirigió a la cafetería a por su consabido bocadillo de queso y su café con leche. No sabía empezar la jornada sin ese momento zen y aquel día había estado a punto de perdérselo. Tecleó una mentirijilla rápidamente para avisar a Feli de que aún tardaría un rato en llegar a la oficina:

Hay un rato de espera para atender a Mirko.
Llegaré en unos cuarenta minutos aprox.

No hacía falta ni que pidiese a la camarera. La chica sabía perfectamente lo que tomaba cada día. Se sentó en su sitio favorito ante uno de los grandes ventanales. Emma adoraba sus pequeñas rutinas. A poder ser, fuera de su horario de trabajo, le gustaba hacer cada día lo mismo durante la semana. Repetir sus pasos antes y después de las horas en las que se convertía en una de las detectives privadas que trabajaban en la reputada agencia de Cristóbal Monterde.

Se concedió veinte minutos para desayunar y continuar pensando en qué hacer con Mateo. Sentía que el momento de tomar una decisión radical se acercaba. Lo suyo era una no-relación de idas y venidas que ya duraba casi un año y en la que él se dedicaba a darle lo justo para mantener vivo su interés. Lo que él ofrecía, en definitiva, era bastante pobre, pero Emma no podía negar que le gustaba y que esperaba con cierta ansia las pocas citas que tenían, dos o tres al mes, a lo sumo.

Había muchas cosas que no le encajaban en aquella situación. Se habían conocido un viernes en un bar de copas, un día en que ella había salido con dos de las chicas de la agencia. Emma no acostumbraba a beber hasta emborracharse, pero ese día bajó la guardia y Mateo entró con todo, y nunca mejor dicho. Acabaron la velada en su casa. En su cama. Ella creyó que la historia se quedaría en eso, en un lío de una noche, pero para su sorpresa él le escribió unas horas después y durante todo el sábado, y el domingo decidieron verse de nuevo para tomar algo. Un romance de fin de semana, había creído ella.

A partir de aquel lunes todo empezó a ir cuesta abajo para Emma. Lo recordaba a la perfección.

Ese día llegó la oficina con el estómago encogido y entonces supo que había metido la pata. No podía dejar de pensar en él, en el fin de semana que habían pasado juntos. Su error, pensó, era haber catalogado a Mateo en un primer momento como "rollo de una noche" para dejarse arrastrar por su entusiasmo durante el resto del fin de semana. Y ahora no podía sacárselo de la cabeza. Mierda. Aquel lunes que debía pasar en su mesa de la agencia redactando unos informes estuvo mirando de reojo el teléfono móvil. Todo el santo día. Para colmo, él no trabajaba demasiado lejos de allí. Se sintió tentada de enviarle un mensaje para ver si quería ir a comer con ella esa mañana, pero se abstuvo. Pensó que lo mejor era esperar para ver si él se pronunciaba o para, al menos, ver si aquella peligrosa miniobsesión se iba disipando con el paso de la semana. Para su desgracia no fue así.

Habría agradecido tener a alguien cerca de quien poder confiarle aquello que estaba rondándole en aquellos días, pero sus mejores amigas, Lara y Priscila, estaban lejos. Lara se había ido a vivir a Roma con su novio italiano y Pris había hecho lo propio con Matt, un cantante escocés con el que había tenido también unos comienzos algo turbulentos debido a una ex novia problemática. El caso era que Priscila trabajaba muchas horas al día en sus cuadros —era pintora—, y viajaba a menudo por Europa para presentar su trabajo. Se alegraba muchísimo por su éxito, pero la realidad era que la echaba de menos. A las dos. A Lara también. Y las tres se habían confabulado para verse al menos una vez cada dos o tres meses, pero era complicado ir a Italia en un momento en que a las tres les fuera bien. Con Priscila era algo más fácil. A Emma le bastaba con pasarse por su estudio cualquier día con una botella de vino. Siempre estaba allí, absorbida por sus pinturas.

El caso era que no les había contado bien lo de Mateo, y había llegado un punto en que la bola había crecido tanto que estaba francamente desorientada y hubiera apreciado mucho la sabia opinión de sus amigas. Bueno, no tan sabia, pero al menos un punto de vista externo a la situación.

Aquí estaba el problema. Mateo solo buscaba sexo. Y tampoco lo disimulaba demasiado. Era bastante hábil a la hora de proponer planes que implicasen tomar algo cerca de su casa, ver una peli en su casa, cenar algo ligero en su casa…Ese era el patrón. También tenía noticias suyas cuando por algún motivo él tenía algo que hacer cerca del apartamento de ella. A veces recibía mensajes suyos cerca de la medianoche del tipo:

¿DESPIERTA? ESTOY CENANDO con unos
 amigos cerca de tu casa…
 ¿Quieres hacer algo más tarde?

A PESAR DE QUE SIEMPRE tenía ganas de verlo evitaba contestar aquel tipo de cosas a partir de cierta hora. Y de un tiempo a esta parte empezaban a ofenderle un poco, porque a pesar de que había intentado decirle a Mateo que no estaba interesada en una relación basada en el sexo casual, y que prefería salir de una manera un poco más formal, él parecía ignorarlo. Cuando salía la conversación —no muy a menudo— la escuchaba con un gesto circunspecto, le decía que sí, que claro, que él también quería conocerla un poco mejor y que no había ningún problema, para volver a las andadas al cabo de unas semanas.

La parte intelectual de Emma (¡sí! Esa parte existía) sabía perfectamente que aquello no tenía remedio, que no podría hacerle cambiar de idea y que debía de cortar ya aquella situación enquistada. Darle puerta a Mateo y a sus mensajes nocturnos y ultrapasivos.

TODO POR UNA PELÍCULA

Aquella mañana mientras se escaqueaba un rato de la oficina alargando de forma ficticia la visita al veterinario de Mirko, Emma se cabreó consigo misma. ¿Cómo era posible que hubieran pasado diez meses desde la noche en que se conocieron y siguiera atrapada en aquella situación? En aquel gran limbo. ¿Por qué seguía sintiendo aquella emoción descontrolada cada vez que recibía un mensaje de él sabiendo que no significaban nada? Que solo los escribía para reafirmar su ego, para asegurarse de que ella seguía al otro lado de la línea, pendiente de recibirlos.

No conocía a sus amigos ni, por descontado, a su familia.

No habían hecho ninguna escapada de fin de semana.

Nunca habían ido al cine.

Nunca habían cenado juntos.

TERMINÓ EL CAFÉ Y MIRÓ la hora en el teléfono. Tal vez convenía ya ponerse en marcha y hacer acto de presencia en la oficina. Acusó el efecto de la cafeína y se sintió reconfortada, y también lo suficientemente fuerte para borrar el mensaje de Mateo de su teléfono sin contestarle. Con el mensaje desaparecería también su número, que hacía tiempo que había apuntado en un post-it que había entregado a Feli en la oficina (le había pedido que lo escondiera por ahí en algún cuaderno). Sí, había llegado el momento de pasar de Mateo. No ya como una efectiva estrategia, sino para olvidarse de él definitivamente y de aquella historia que nunca evolucionaba; y así poder dejar espacio libre para que llegase a su vida alguien infinitamente mejor. Alguien que quisiera estar a su lado sin condiciones.

CAPÍTULO 2

Durante aquellos meses en que Mateo estuvo rondando por su vida casi se había olvidado de la suerte que tenía de poder dedicarse a su auténtica pasión: ser detective privada. ¿Quién lo hubiera dicho? Todo había sido una gran casualidad que ya duraba casi seis años. Emma había estudiado periodismo y a sus treinta y dos años apenas había ejercido como tal. Cuando terminó la carrera se marchó unos años a vivir a Berlín y a su vuelta dio algunos tumbos por tiendas de moda y varias agencias de comunicación y publicidad. En una de ellas incluso trabajó con Priscila, y a pesar de que ya eran amigas desde entonces se hicieron íntimas. Entonces llegó la crisis, los despidos masivos y todo aquello. A Emma le tocó en suerte abandonar la última agencia de publicidad en la que hacía jornadas maratonianas hasta bien entrada la noche. Iba a dejar el trabajo ella misma cuando le comunicaron que lamentablemente tenían que recortar la plantilla. De repente se vio con mucho tiempo libre y con una cantidad decente de dinero, suficiente como para marcharse de la ciudad un tiempo y empezar en otro sitio.

Estaba a punto de hacer las maletas y volver a Berlín cuando se encontró con el anuncio en un periódico de la agencia de detectives de Cristóbal Monterde. Sí, en un periódico. Como en los años noventa. Había un email al que enviar un currículum y poco más. El anuncio decía que buscaban a una persona para trabajar en una agencia de detectives "observadora y sensible con los detalles, con capacidad para redactar informes". No se necesitaba experiencia previa.

Emma, gran lectora de novela negra, siempre había soñado con ser detective. Pero para ella era una simple fantasía, algo irrealizable que jamás había contado a nadie. Ni siquiera se había molestado en planteárselo en serio, en averiguar cómo alguien llegaba a convertirse en investigador privado, qué había que estudiar exactamente, cómo había que prepararse. Todo esto lo intuía, pero jamás había entrado en contacto con ese mundo. Solo hay que mirar a nuestro alrededor. ¿Cuántos detectives conocemos? Para ella era algo propio de la ficción, algo que hacía la policía. Y lo que no hacía la policía se limitaba probablemente a perseguir cuernos o a gente que debía dinero.

En todo caso, ver aquel anuncio en el periódico le removió algo por dentro. Aquella bombillita tenue que siempre había estado encendida empezó a brillar con más fuerza. Envió su currículum y se olvidó del tema, y al cabo de una semana recibió una llamada de Feli, la que poco después de convertiría en su mentora, en la persona que le enseñó todo lo que sabía de su profesión.

Desde aquel momento, hacía ya esos casi seis años, Emma había pasado de redactar aburridos informes con las pruebas e indicios que Feli le planteaba a convertirse en una talentosa detective. Era extremadamente intuitiva, lista, rápida y muy efectiva. Cumplía a la perfección con su trabajo y su "jefa" no tardó mucho en darse cuenta de que allí tenían un diamante en bruto.

Habían construido una relación especial, más allá de ser compañeras de trabajo, o mentora y aprendiza. Feli tenía una edad indefinida entre los cincuenta y los sesenta años —no le gustaba hablar de ese tema—, y un aspecto intimidatorio y masculino que al principio temía bastante. El pelo corto y gris. Nunca se molestaba en teñírselo. Había convertido su forma de vestir en un uniforme que repetía a diario, variando solo algunos colores dentro de una gama. Pantalones de vestir rectos grises, negros y marrón oscuro. Zapato plano tipo Oxford incluso en verano. Camisas blancas y de color crudo perfectamente planchadas. Además, solía llevar una gabardina de color ocre que a Emma le hacía mucha gracia porque era, de hecho, la típica que llevaría un detective.

—¿Y esa chaqueta del Inspector Gadget? —le preguntó una vez, riéndose—. Es un poco cliché, ¿no? Feli, solo te falta esconderte detrás de un periódico con un hueco para los ojos recortado en el papel.

—No sé de que me hablas, tía —contestaba Feli.

No, aquella señora no tenía la menor idea de quién era el Inspector Gadget y la llamaba "tía" de una forma impropia y bastante graciosa. Durante los primeros meses de estancia en la agencia, Emma pensó que Feli era una señora lesbiana hasta que le contó que estaba divorciada y que tenía un hijo "más o menos de tu edad".

Emma conoció a Sergio poco después debido en parte a la insistencia de su madre, que nunca escondió la ilusión que le hacía que "se enrollaran". Palabras textuales. Aquella cita a ciegas fue un desastre y eso jamás pasó, pero el caso era que Sergio y Emma se hicieron amigos (¡increíble!) y durante una temporada quedaban religiosamente una vez a la semana para ir al cine. Así fue como el hijo de Feli se había convertido en su "colega para ir al cine". Pero más sobre esto en otro momento. Esa no es la historia que nos ocupa.

EMMA LLEGÓ A LA AGENCIA y se dirigió a su mesa disimuladamente. Los días en los que no estaban en la calle tenían que cumplir con el horario y esa mañana se había relajado un poco porque Cristóbal, el jefe, estaba regresando de uno de sus viajes de trabajo a Londres. Él solía ya ocuparse personalmente de muy pocos casos. Solía asignar casi todo a sus ocho detectives. Él se dedicaba a la administración general de la agencia con la ayuda de Susana, su secretaria, a repartir el trabajo y a cenar con gente importante. Aquella mañana todavía no había llegado.

Emma se sentó y, por primera vez en muchos días, olvidó por completo poner su móvil personal encima de la mesa (a la espera de que llegase alguna noticia de Mateo). Puso a cargar el teléfono de trabajo y revisó los emails por si había algo importante. Hacía ya unos días que había completado el informe de uno de sus últimos casos y este seguía sobre la mesa de Cristóbal, a la espera de que él le echase un vistazo.

No había sido nada difícil. Una nueva infidelidad descubierta. Una mujer rica y divorciada con un amante más joven que no soportaba la idea de que él se viera con algunas chicas de su edad. A veces Emma se preguntaba cómo conseguía seguir teniendo fe en el amor romántico después de la cantidad industrial de casos de infidelidades que gestionaba e investigaba en su trabajo día sí y día no. Porque si pensabas que era una leyenda urbana eso de que los detectives privados se dedican sobre todo a perseguir cuernos, en fin, no andas tan desencaminada. Gran parte del trabajo de Emma consistía en eso, precisamente: perseguir de manera muy discreta a maridos y novios infieles y presentar a su pareja las pruebas correspondientes. Una vez estaba todo claro, Emma convocaba al infeliz engañado o engañada a una reunión y le mostraba con el mayor tacto posible todo lo que había averiguado. Las fotos.

Al principio le resultaba muy difícil. Si lo piensas así, es un poco como el trabajo de un médico que ha de comunicar el fallecimiento de un familiar a alguien. La muerte de un paciente crónico. Un amor que ya estaba en coma y que para dejar de existir solo necesitaba que alguien expusiera el gran problema bajo un foco y que la persona afectada tuviera la valentía de abrir los ojos de una vez y mantenerlos bien abiertos ante la evidencia, sin apartar la mirada.

Esto era algo de lo que había hablado bastante con Feli al principio. *Son gajes del oficio*, le decía ella. *Te acostumbrarás a comunicar ese tipo de cosas a nuestros clientes*. Y sí, por supuesto que se acostumbró. Pero el hecho de convertirse en detective comportó un efecto secundario con el que Emma se encontró por inercia. Bueno, dos efectos secundarios.

El primero era que llevaba ya unos años saboteando su propia vida amorosa debido a que le costaba muchísimo resistir la tentación de investigar a los chicos con los que salía. Daba igual si eran rollos de una noche, compañeros de su clase de yoga, amigos de amigos con los que coincidía en alguna fiesta, gente del pasado que volvía aparecer en su vida como los zombis de *The Walking Dead*. Daba igual. Emma hacía una pequeña investigación por Internet para averiguar más de con quién estaba tratando. Le costó un par de años y muchas historias fallidas entender que esto era un error y que tenía que dejar de hacerlo por muy buena que fuera en ello y muy divertido que pareciera al principio.

Lo segundo era cuando llegaba el momento de confesar a aquellos chicos que era detective privada. No todos lo llevaban bien. Alguno incluso le dijo que se sentía intimidado. Que tal vez "aquello no podría funcionar". Entonces empezaban a apartarse de ella poco a poco, evaporándose con el paso de los días y las semanas hasta dejar de dar señales de vida. Cuando le contó esto a Feli, esta la observó perpleja y le dio uno de los mejores consejos (y eso que Feli le había dado muchos buenísimos consejos): *nunca les digas que eres investigadora privada si no estás cien por cien segura de que él te interesa en serio y tú a él. Créeme, eso te ahorrará muchos problemas y malentendidos.*

Y eso había hecho. Desde aquel día, a toda la nueva gente que entraba en su vida, Emma solía decirles que "trabajaba en una oficina". Poco más. ¿Sabes cuando tienes un amigo relativamente cercano y no tienes ni idea de a qué se dedica porque siempre ofrece respuesta vagas? Es decir, sabes que va a trabajar a un sitio cada día y parece que tiene una nómina y que dispone de dinero para hacer cosas lúdicas, pero nunca ha entrado en detalles sobre lo que hace. Pues bien, Emma sería uno de esos amigos.

Esto era, de hecho, algo que siempre había intrigado bastante a Mateo. De hecho una vez se habían encontrado en la puerta de la agencia y no pudo ocultarle por más tiempo que trabajaba para Cristóbal Monterde. Le dijo que era su secretaria, que se dedicaba sobre todo a tareas administrativas, pero por la cara que puso estaba casi convencida de que no se lo creyó. A pesar de ser un cabroncete, Mateo era un tipo listo. También supo tener la discreción de no preguntar mucho más.

Aunque en realidad ya importaba poco qué pensaba o no Mateo sobre ella y su misterioso trabajo. No era la primera vez que pasaba de contestarle a uno de sus inoperantes mensajes de Whatsapp. Pero aquella mañana por algún motivo se sentía con fuerzas de dejar ya esa historia atrás de una vez por todas. No sabía por qué, pero lo sospechaba. La noche anterior, antes de dormirse y repasar mentalmente todo lo que debía hacer al día siguiente, empezando por la visita al veterinario, Emma se dio cuenta de que el árbol no le estaba dejando ver el bosque. Su atención y su energía fuera de sus horas de trabajo estaban puestas en aquel idiota de Mateo y hacía tiempo que no se fijaba en nadie más. Había ignorado a todos los chicos que se habían acercado a ella en todos aquellos meses. Se dio cuenta de que seguía aferrándose a la vana esperanza de que él cambiase de parecer y se decidiera a plantearse algo más serio con ella. Él parecía absorber toda aquella energía que le dedicaba y eso le era más que suficiente. Mateo había creado una especie de campo de fuerza a su alrededor que repelía al resto de hombres del planeta, y al mismo tiempo él se mantenía lo suficientemente lejos y lo suficientemente cerca.

Y ya bastaba, ¿no?

Había llegado el momento de desviar la atención y empezar a prestar atención a otros hombres. Qué maravillosa casualidad que Lloyd Cooper apareciera en su vida justo en aquel mismo día para ayudarla a olvidarse de su corrosivo problema. Y qué bajón también que fuera en la misma pantalla en la que Cristóbal acostumbraba a presentar los nuevos casos a repartir entre sus detectives.

CAPÍTULO 3

Era casi medio día cuando el detective jefe, Cristóbal Monterde, irrumpió en la oficina, apresurado como siempre, sosteniendo un café en un vaso de plástico y soltando demonios por la boca acerca de la compañía con la que acostumbraba a volar a Londres y que solía dejarle tirado en el aeropuerto durante horas. Apenas una mirada le bastó para indicar a su equipo de investigadores que se reunieran en la sala común, donde les hablaría de los tres nuevos encargos que habían llegado. Todos se levantaron con diligencia de sus sillas y pusieron rumbo a la sala.

Por lo general aquella reunión tenía lugar los lunes pero esa semana se había atrasado un poco debido al viaje del jefe. A veces era él quien asignaba directamente el caso a un detective determinado, y en otras ocasiones, si no era un asunto muy complicado, pedía un voluntario según el volumen de trabajo que tuviese cada uno. Cada detective tenía sus puntos fuertes. Raúl era excelente haciendo seguimientos en la calle, Lobo siempre conseguía las mejores fotos, Feli tenía la mejor intuición...¿y Emma? Emma era un hacha localizando a gente vía Google. Conocía todos los resquicios para seguir las huellas digitales de cualquiera, redes sociales...era muy difícil que este tipo de rastreos se le resistieran. Monterde había visto enseguida lo habilidosa que era e incluso le había pedido que compartiera sus técnicas con sus compañeros.

Lo cierto es que el ambiente de trabajo era fenomenal y de extrema camaradería, y esa era una de las razones por las que Emma se había quedado allí tanto tiempo, y por las que no se veía trabajando en nada que no fuera la investigación privada. Estaba contenta con su profesión y por primera vez en mucho tiempo sentía que había automatizado un poco ese aspecto de su vida, que disfrutaba y que, podía decirse, funcionaba solo; y que por fin podía empezar a prestar un poco de atención a su distraído y en ocasiones maltrecho corazón.

Tras la correspondiente cháchara insustancial, Monterde empezó a presentarles los nuevos casos, y Emma casi se cayó de la silla de la impresión al ver lo que se le avecinaba. En la pantalla donde el jefe proyectaba las imágenes para ilustrar los proyectos que llegaban apareció un chico guapísimo. Tuvo que hacer un esfuerzo para concentrarse en la presentación.

Monterde frunció el ceño al ver el clamor que había provocado la foto entre las chicas de la oficina. Carraspeó y procedió a presentar el caso:

—Este es Lloyd Cooper. Londinense, treinta y cuatro años. Esta petición es muy reciente, nos llega directamente de Blayfold.

Blayfold era una agencia de investigación británica con la que Monterde colaboraba puntualmente en algunos casos de carácter internacional. El jefe hizo una pausa para beber y escoger las palabras adecuadas:

—Al parecer nuestro amigo Lloyd pasa más tiempo aquí del que debería. En nuestra ciudad, quiero decir. Básicamente, nuestro cliente quiere saber el porqué de sus idas y venidas entre Londres y Barcelona.

Emma, casi hipnotizada por el porte del tal Lloyd, preguntó como un resorte:

—¿Su esposa, tal vez? ¿Quién lo busca?

Monterde negó con la cabeza.

—No tiene ninguna relación estable, que sepamos. El cliente es su tío, Francis Cooper. Es un caso relacionado con una herencia familiar. Solo quieren saber qué está haciendo en la ciudad. ¿Te interesa a ti, Emma? No creo que tenga mayor complicación. Será cosa de dos o tres días como mucho. Un par de seguimientos y creo que lo tendremos. ¿Cómo lo tienes esta semana?

Esa sensación de excitación que tan bien conocía cuando un caso que le gustaba caía en su regazo le sobrevino a Emma, mientras asentía como una boba.

—Sí, sin problema. Puedo ocuparme yo.

—Perfecto. Aquí tienes.

Le extendió una carpeta de color marrón con la información básica sobre el caso. El resto de la reunión le interesó más bien poco, la verdad. Abrió el informe mientras Monterde seguía hablando, y allí se encontró de nuevo con la imagen de Lloyd Cooper.

Era exactamente el tipo de hombre por el que de vez en cuando giraba la cabeza cuando se los cruzaba por la calle. Dios, y encima británico. Seguro que tenía ese acento que la derretía, a lo Benedict Cumberbatch en aquella serie de Sherlock Holmes. Lloyd tenía el pelo corto, de un tono rubio oscuro, y los ojos azules más tranquilizadores que Emma había visto nunca. En la foto estaba agachado, junto a un perrito de raza *cocker*. Era un tío muy guapo. Barba incipiente, sonrisa amplia y relajada. Era muy chocante que alguien así fuera objeto de una investigación detectivesca. Nunca le había tocado nadie tan guapo, eso por descontado.

¿Qué has hecho, Lloyd Cooper?, pensó Emma.

Se había ofrecido voluntaria porque necesitaba desesperadamente un caso interesante con el que distraerse aquella semana. Tenía que apartar de una vez por todas al capullo de Mateo de su mente y el trabajo era lo que mejores resultados solía darle. Y, entre nosotras, si tenía que pasar parte del día siguiendo el rastro de alguien, qué mejor que un hombre como el tal Lloyd Cooper. Era la primera vez que se topaba con un chico tan atractivo en uno de los informes de Monterde.

Levantó la vista de la carpeta y se encontró con la mirada atenta de Feli. A veces le daba miedo, era tan observadora que parecía capaz de leer el pensamiento de cualquiera. Se sintió expuesta, como si su compañera supiera exactamente lo que estaba pensando acerca de Lloyd Cooper. Le sonrió.

Cuando Monterde terminó de asignar los otros dos casos, le pidió a Emma que esperase un segundito al terminar la reunión porque quería hablar con ella en privado. *Oh, oh*, pensó. *¿Qué habré hecho ahora?*

Sus compañeros salieron de la sala y ella lo esperó de pie. El jefe sonrió.

—¡No pongas esa cara, mujer! Tengo buenas noticias para ti.

—¿Buenas noticias? Cuéntame.

—Además de tenerte muy entretenida esta semana con un caso internacional, tengo el honor de comunicarte que a partir de ahora vas a tener una nueva *assistant*.

Vaya, esto sí que era una sorpresa.

—¿Una *assistant*? Pero si yo no necesito ayuda, Cristóbal...

—No, claro que no. Por eso, precisamente. Ya sabes que eres una de mis investigadoras más valiosas, Emma. ¿Recuerdas tus comienzos aquí? Con Feli...

—Han pasado años y ni me he enterado —dijo Emma, sonriendo. No era habitual que Monterde fuera tan expresivo.

—Bien. Feli te enseñó todo a la perfección. Y supo ver enseguida el talento que tienes para este trabajo. No sabes lo que me alegro de que te hayas quedado. Todos sabemos que te iría muy bien trabajando por tu cuenta y, sé que no te lo digo muy a menudo, pero te estoy agradecido. El caso es que hemos pensado que estaría muy bien si pudieras enseñar a alguien. Busco un joven talento, un diamante en bruto. Y tengo a una chica muy interesada en aprender el oficio. Hemos pensado que tú serías la persona idónea para enseñarle todo. ¿Qué te parece el proyecto?

Pues qué decirte, Monterde, pensó Emma. En tan poco tiempo no podía decidir si aquello era un honor o un marrón en todas sus dimensiones. La paciencia no estaba entre sus dones, precisamente, y nunca había ejercido de profe, así que no sabía si estaba muy capacitada para la "docencia". Por otra parte Feli había sido súper generosa enseñándole todo lo que sabía sobre la investigación privada. Era su maestra, y ahora ella tenía la oportunidad de equilibrar un poco el karma y devolver lo mismo a alguien que estaba empezando y que quisiera aprender.

Se encogió de hombros y al momento asintió, aunque se aseguró de no estar mostrando demasiado entusiasmo.

—Lo haré lo mejor posible. ¿Tienes ya algunas candidatas?

—Candidata. Y además en firme. Se llama Esther y tiene veinticuatro años. Está a punto de terminar sus estudios. Empieza el jueves. La tendrás en la oficina a las nueve de la mañana, sentada junto a tu mesa. Tal vez pueda ayudarte con el caso Cooper. Ah, sobre eso: no he podido revisarlo durante el vuelo. En el informe está todo. Me encanta que te hayas ofrecido voluntaria para ocuparte de él. Ya había pensado en asignártelo a ti, ya que creo que eres la que mejor domina el inglés. No debería ser muy complicado, pero tal vez tengas que hablar con Blayfold en Londres o con el tío Francis. Lo dejo todo en tus manos. Espero leer pronto el informe con la resolución del caso. Sin presión, ¿eh?

Monterde soltó una carcajada. Todo el mal humor provocado por el retraso de su vuelo parecía haberse esfumado al llegar a la oficina y soltar los encargos (o marrones, como solían llamarlos sus empleados). Aunque en el fondo Emma estaba contenta. No había hablado mucho con él en las últimas semanas, pero sentía que confiaba cien por cien en ella y que ya la consideraba como una de sus mejores detectives. Era un cumplido real.

Le había llamado mucho la atención que le dijera que apreciaba que se quedase con ellos en lugar de trabajar por su cuenta. Eso decía mucho de su trabajo. Y no podía negar que lo había pensado algunas veces, pero aún no se sentía lo suficientemente segura para independizarse de la agencia de Monterde y tener sus propios clientes. Le constaba que muchas personas pedían específicamente que fuera ella quien se ocupase de sus historias. Era rápida y muy efectiva. Presentaba resultados en cuestión de días y había resuelto todos y cada uno de los casos que caían en sus manos. Estos habían ido creciendo en dificultad, por eso le sorprendía también que su jefe le pasara algo tan básico a priori como el encargo de Francis Cooper de averiguar por qué su sobrino viajaba tanto a Barcelona. Allí había gato encerrado. No podía ser tan simple como parecía.

—Otra cosa más, Emma. He decidido modernizarme —el jefe se rio de nuevo. Monterde se hacía mucha gracia a sí mismo —. No hace falta que os paséis la vida en la oficina cuando tengáis que redactar informes. La idea es que sea solo un punto de encuentro cuando tengáis que hablar conmigo o tengamos las reuniones semanales. Lo que quiero decir es que, cuando no estéis en un seguimiento, podéis trabajar desde casa si lo deseáis.

Vaya, ¡eso sí que era una noticia! Monterde por fin había entrado en el siglo veintiuno y ya era consciente de que existía una cosa llamada Internet que facilitaba el teletrabajo.

—¡Todo son buenas noticias hoy! —contestó Emma—. ¿Algo más? Voy a empezar a leer el informe de Cooper enseguida.

—Por ahora no. Ya puedes ponerte con eso, en tu mesa o en casa, ¡donde quieras! Que sepas que no lo he ofrecido a todos aún. Es una prueba piloto. Lo de trabajar fuera de la oficina, me refiero. Considéralo un periodo de prueba. Muy pronto enviaré una circular explicándoos las condiciones de este nuevo beneficio laboral.

Dios, Monterde a veces hablaba como un viejo, y no tenía ni sesenta años. Seguro que creía que les estaba haciendo el favor del siglo. A Emma se le iluminó la bombillita. ¿A qué venía tanta buena noticia? ¿Había llegado el momento de aprovechar la ola y pedir un aumento de sueldo? ¡Lo tendría en cuenta!

—Perfecto, pues salgo ya a almorzar y estaré toda la tarde empapándome del caso Cooper. Llámame al móvil para cualquier cosa. El jueves estaré a las nueve en punto para recibir a la chica nueva.

Emma salió de la sala de reuniones satisfecha. Había días en que sentía especialmente que amaba su trabajo, y aquel era uno de ellos. Estaba deseando llegar a casa, enroscarse en el sofá con Mirko, una mantita y una infusión, y leer todo lo referente a Lloyd Cooper. Empezaría cuanto antes el seguimiento.

La excitación que sentía no tenía nada que ver con la posibilidad de ejercer de mentora para una joven aspirante a detective, ni tampoco con que Monterde le permitiera trabajar desde una cafetería o desde el salón de su casa. Sabía muy bien que lo que le había acelerado el pulso, lo que le ilusionaba desde hacía un rato, era Lloyd Cooper, su sonrisa, su mirada azul y penetrante, y el irrefrenable deseo de saber qué escondía, de qué huía. No podía esperar el momento de tenerlo a unos metros y observar sus movimientos. Lo único que le preocupaba un poco en aquel momento era si sería capaz de mantener su exquisita profesionalidad. Observar, tomar nota, presentar uno de sus informes impolutos y olvidarse de él para siempre. Pero si una simple foto había provocado aquel efecto, ¿qué sentiría al verlo en persona? ¿Sería igual de atractivo?

Emma se dirigió a su mesa, apagó el ordenador y metió el móvil en el bolso, ignorando de nuevo la ristra de emoticonos que Mateo le había enviado patéticamente, en un infructuoso intento de llamar de nuevo su atención. Borró el mensaje sin ni siquiera abrirlo. Lloyd Cooper había dinamitado aquella obsesión inútil en solo unos minutos.

www.ingramcontent.com/pod-product-compliance
Lightning Source LLC
Chambersburg PA
CBHW021808150726
47989CB00004B/1837